내 짧은
연애
이야기

※ 한국출판문화산업진흥원 2016년 우수출판콘텐츠 제작 지원 사업 선정작입니다.

내 짧은 연애 이야기

이묘신 시

처음 찍은날 2016년 11월 10일 | 처음 펴낸날 2016년 11월 17일
펴낸이 정세민 | 펴낸곳 (주)크레용하우스 | 출판등록 제5-80호
주소 서울 광진구 천호대로 709-9 | 전화 (02)3436-1711 | 팩스 (02)3436-1410
홈페이지 www.crayonhouse.co.kr | 이메일 crayon@crayonhouse.co.kr

ISBN 978-89-5547-469-5 43810

이 도서의 국립중앙도서관 출판시도서목록(CIP)은 서지정보유통지원시스템 홈페이지(http://seoji.nl.go.kr)와 국가자료공동목록시스템(http://www.nl.go.kr/kolisnet)에서 이용하실 수 있습니다.(CIP제어번호: CIP2016026876)

내 짧은 연애 이야기

이묘신 시

크레용하우스

시인의 말

달리는 사랑에 브레이크 걸기

사랑은 처음부터 공식이 없었다. 두 번, 세 번 하는 사랑이어도 그 시작은 처음처럼 길이 없다. 길을 찾으면 다행이지만 사랑의 길은 늘 처음 찍는 발자국 같다. 설레지만 두렵고, 두렵지만 나아가고 싶다. 나아가지만 제대로 가고 있는지 늘 의심하고 방황한다.

그 길 중간쯤에 서 있는 너희들을 생각했다.

어른들은 너희들의 사랑을 쉬운 사랑이라 말한다. 쉽게 만나고 헤어지는.

어른과 모양이 다르고, 빛깔이 다르다고 해서 쉬운 사랑이라 말하지 않았으면 좋겠다. 좋아하는 마음을 어쩌지 못하고 설레는 건 똑같다. 이별할 때 마음 아픈 것도 똑같으니까 말이다.

길을 모르고 여기저기 찍힌 수많은 사랑의 발자국을 좇아 다니기에 바빴던 너희들의 어설픈 사랑을 그대로 담으려 했다.

그리고 마지막 시를 쓰면서 사랑은 공식이 없다는 것을 다시 깨달았다. 공식을 대입해 풀리는 것이 아니기에 이별을 겪기도 하고 또 다른 사랑을 찾기도 하는 것이다.

너희들은 내가 가고 있는 길이 사랑의 길이라고 믿으며 그냥 내딛을 뿐이다. 그냥 달릴 뿐이다. 달리다 숨이 차면 이별의 브레이크를 밟을 뿐이다.

너희들의 사랑이 유독 빛나는 이유는 여기, 브레이크를 엑셀로 바꿔 힘차게 달려 나갈 이름만으로도 풋풋한 또 다른 사랑의 시작이 있기 때문이다.

『내 짧은 연애 이야기』 속의 시들이 공감할 수 있는 시였으면 좋겠다. 두근두근 설레임을 주는 시였으면 정말 좋겠다.

또 다른 사랑의 시작을 응원하며

이 묘 신

차례

하나, 두근두근 설레임

둘, 달콤달콤 만남

셋, 삐걱삐걱 엇박자

넷, 안녕안녕 이별 후

하나, 두근두근 설레임

따스한 봄날은 언제 올까?

개구리처럼 눈이 툭 튀어나온 경준이
비쩍 마른 멸치 오민이
노는 것만 좋아하는 한세
모두 여자 친구가 있다.

경준이는 얼마 전 200일 기념으로
사랑의 자물쇠를 걸고 왔고
오민이는 커플 목걸이를 했다.
한세는 학원에서 매일 볼 수 있다고 자랑하는데
나만 여자 친구가 없다.

원빈 뺨친다는 나
뽀얀 피부가 고급스럽다는 나
물론 엄마 말이지만,
그런 나만 여자 친구가 없다.

중학교 3학년이 되어
처음 맞는 봄인데도
난 아직 겨울이다.

운명

기다리면 올까?

어느 날 갑자기
예고도 없이
믿으면 올까?

누군가 내 앞에
짠, 하고 나타나
웃고 있을 그날.

– 뭘 봐, 저리 가!
상상하고 있던 내게
수영이가 소리친다.

그래
넌 절대 아니다.
내 취향 아니거든!

우리라는 말이

복도에서 만난 여자아이
목소리가 통통 튀는 아이
웃는 게 귀여운 아이
한세가 반갑게 인사한다.
누구냐고 눈짓했더니
같은 학원에 다니는 진유경이란다.
– 안녕!
그 아이가 살짝 손을 흔든다.

어정쩡 서 있는데
– 우리 또 보자
– 어, 그, 그래
3반으로 들어가는 그 아이 진유경
우리!
그 아이와 나, 우리!
'우리'라는 말이 나를 흔든다.

감전

저 앞에
유경이만 나타나면
감전된 것처럼
가슴에 찌릿찌릿
전류가 흐른다.
누르면 찌릿찌릿
깜짝 놀라
가슴 뛰게 하는
감전 볼펜처럼.

새 학기 시작된 지
일주일째
앞으로 학교가
재미있어질 것 같다.

멍 때리기

수돗가에서 손을 닦던 그 아이가,
친구랑 팔짱 끼고 화장실을 가던 그 아이가,
교실을 청소하던 그 아이가

야금야금 내 시간을
빼앗아 간다.
유경이란 그 아이가.

혼자 하기 싫은 것

혼자서 밥 먹기!
혼자서 운동하기!
혼자서 목욕탕 가기!
혼자서 벌서기!
혼자서 화장실 청소하기!
혼자서 집에 가기!
싫지만 할 수 있다.

하지만 혼자서 유경이를 좋아하는 것
그건 정말 하기 싫다.

타이밍

유경이가 저 멀리서 달려오며
반갑게 손 흔들어 주었다.
유경이가 나를 보며 환하게 웃길래
나는 더 환하게 웃어 주었다.
유경이가 내 손잡으려 하길래
나도 얼른 손 내밀었다.
유경이가 입술 쭈욱 내밀어서
나도 입술을 내밀었다.
그 순간
– 꿈에서 누구랑 키스라도 하냐?
수학책이 뒤통수를 날린다.
– 에이, 1분만 일찍 잠들걸

생각으로만 하는 일

유경이가 저 앞에서 오면
얼른 그 앞으로 뛰어가 인사해야지.
– 토요일에 뭐 해? 영화 볼까?
영화를 다 보고 나서
아이스크림 먹으며 얘기해야지.
– 할 말 있어
– 저기 할 말 있는데
– 나 너한테 할 말 있어
유경이 앞에서 할 말을 연습하는데
3반 교실에서 유경이가 나왔다.
나도 모르게 우리 반 교실로
쑥 들어와 버렸다.

길 만들기

쉬는 시간, 연습장 펴고
맨 꼭대기에
ㅈ ㅇ ㄱ이라 썼다.
맨 아래
또박또박 커다랗게
내 이름도 썼다.
그 아이 이름과
내 이름 사이에
하트 그리고
또 하트 그려서
하트줄로 이어 보았다.
나에게서 진유경으로 가는 길
내가 좋아하는 하트길!
– 야, 뭔 하트가 이렇게 많냐?
  으윽, 오글거린다
오민이 말에 한세가 나선다.
– 진유경 소개해 줄까?
ㅈ ㅇ ㄱ이 진유경인 줄
어떻게 안 거지?

– 에이, 몰라

난 책상에 엎드렸다.

들들 볶이는 즐거움

– 얼른 사귀어
– 빨리 고백하라니까
– 그러다 빼앗기겠다
경준이, 한세, 오민이가
나를 들들 볶아 댔다.
떡볶이 사달랄 때나
게임 레벨 올려 달라고
들들 볶을 때는 짜증 나는데
지금은 들들 볶이면서도
기분 나쁘지 않다.

내 눈 속에는

벤치 앞에서
3반 앞에서
교무실 앞에서
운동장에서
화장실 앞에서

입 밖으로 내보낸
안녕이란 말!

유경이 너는
흔드는 내 손 보지 말고
내 눈 속에 담긴 말
내 마음을 읽어 주면 돼.
알았지?

좋아한다는 것은

쉬는 시간에 유경이가
우리 반을 흘깃 넘겨다볼지 몰라
친구들과 장난도 치지 않고
책 보는 척한다.

복도에서 마주칠까 봐
교복도 더럽히지 않고
실내화도 질질 끌지 않는다.

유경이가 보지 않는데도
팔굽혀펴기 운동을 하고
내 방 청소까지 한다.

급훈

요즘은 수업 시간에도 유경이 생각을 한다.

머리 흩날리며 뛰던 유경이
친구와 재잘거리며 걷던 유경이
통통 튀는 밝은 목소리로 인사하던 유경이
환하게 웃던 유경이

유경이 생각하다 고개 들면
마주치던 급훈

- 우리 반 급훈 -
그러라고 보낸 학교가
아닐 텐데!

엄마에게 미안하지만
나도 나를 어쩌지 못하겠다.

문구점

교문 앞에서 마주친 유경이!
샤프심 없다며
문구점에 사러 간단다.

뭐 필요한 거 없나?
난 그냥
문구점이 되고 싶었다.

사귀기로 하다

3반 앞에서 불쑥 옆길로 새고 싶고
화살표가 보이기만 해도
유경이에게 가고 싶다.
친구들과 텔레파시가 통한 걸까?
한세, 오민이, 경준이가
나를 잡아끌었다.
다짜고짜 복도에 서 있던
유경이 앞에 데려가
– 얘가 너 좋아한대
얼굴이 화끈 달아올랐다.
– 그럼 한번 사귀어 보자
유경이 말에 나도 깜짝 놀라고
친구들은 더 놀랐다.
우리는 그렇게 커플이 되었다.

사귄 지 1일 되는 날!

둘, 달콤달콤 만남

미리 하는 약속

늘 너 먼저 챙겨 줄게.
네가 까불어도 귀엽게 봐 줄게.
맛있는 것도 자주 사 줄게.

만약에 이런 내가 싫을 때
난 너의 노예니까
유경아, 네 맘대로 해.

천차만별 연애법

쉬는 시간만 되면
여자 친구에게 쪼르르 달려가는 애
약속하고 화장실 앞에서 만나는 애

선생님 안 볼 때
둘이 손잡고 다니는 애
허리 껴안고 다니는 애

여자 친구 몰래
초콜릿을 사물함에 넣어 두는 애
선물과 쪽지를 가방에 넣어 두는 애

영어 단어도 아니면서
수학 공식도 아니면서
자꾸만 연애법을 공부하게 만든다.

내가 이상해졌다

책은 싫어하지만
유경이가 좋아하는 책이라면
밤새며 끝까지 읽어 낼 수 있다.

수학책 속 숫자는 싫은데
유경이 생일, 전화번호는
쏙쏙 들어온다.

– 너 내일이 아빠 생신인 거 알지?
엄마 말에 뜨끔해 크게 말한다.
– 그럼 당연하지!

청소하기

노트북으로
몰래 야동을 봤다.
– 아들아, 청소 좀 해라
아빠가 실실 웃는다.
– 그게 무슨 말이야?
  내가 청소했는데
엄마가 이상하다는 듯
고개를 갸우뚱갸우뚱
– 응, 휴지통 비우려고
난 얼른 방으로 들어갔다.

첫 스킨십

– 어머!
오토바이가 쌩 지나갔다.
놀란 유경이를
도로 안쪽으로 걷게 했다.
– 고마워, 너 정말 매너 짱이다
유경이가 까치발 하더니
내 머리를 쓰다듬어 주었다.
솜털까지 보이는 얼굴
따끈따끈 다가서는 입김
상큼한 냄새
나의 첫 스킨십!

내 숨소리는 거칠어지고
목울대는 발랑발랑댄다.

투투데이

유경이와 만난 지 22일!

22일 동안
222번 더 유경이를 떠올리고
2222번 더 손잡는 상상하고
22222번 더 키스하는 상상하고.

투투데이 기념하기 위해
하트와 하트로 연결된 팔찌
둘이 나누어 가졌다.
진짜 사귀는 것 같았다.

타는 마음

친구들이 내 첫사랑을
중계방송 해달란다.

– 너 키스해 봤지?
'하고 싶었지.'

– 그럼 손은 잡아 봤지?
'어쩌다가.'

– 에이, 뭐냐? 아직 키스도 안 했어?
'그게 그렇게 쉽냐?'

유경이랑 어디까지
가 봤어야 하는 건데?

– 언제 도장 찍을 거야?
바짝 다가서는 친구들에게 한 마디 한다.
– 미친놈들!

첫 키스

예측할 수 없었다.
순식간에 일어난 일이다.

잘 가라는 말 대신
입술로 인사했다.

수천 번
혼자 연습한 일

비 내리는
골목에서
우산까지 놓아 버리고
내가 이럴 줄
나도 몰랐다.

내 몸 탐구

첫 키스 후
자꾸만 이상한 생각을 한다.

그러더니 더 커졌다.
거뭇거뭇 털이 더 많이 생기고
책상에 앉아서도
식탁 앞에 앉아서도
거시기를 손으로
몇 번씩 눌러 준다.

하루 사이에
애국가를 몇 번이나 부른다.

세계 공통 고백 말

프랑스 말로 주 템므
이태리 말로 티 아모
필리핀 말로는 마할 키타
독일 말로 이히 리베 디히
지금까지 똑같은 말을 한 건데 뭔지 알지?
모르면 영어로 다시 할게.
아이 러브 유!
유경이에게 꼭 하고 싶은 말
유경이에게 자꾸만 하고 싶은 말
사!
랑!
해!

이모티콘

약속 시간 좀 늦었다고
뾰로통한 유경이.
미안하다고 말해도
계속 화를 안 푼다.
선생님이 늦게 끝내 준 걸 어떡하냐며
성질내고 헤어졌는데
집에 와 생각하니 내가 너무했다.

미안해

카톡 보냈더니
숫자 1이 없어졌는데 답이 없다.

미안
이제
더 잘할게

다시 카톡 보냈더니

알았어^^♥라며 답이 왔다.

유경이 마음도 이모티콘에 실려 왔다.

다 잘할 수 없지

유경이에게 빠져 있는 요즘
엄마 앞에선 고개를 못 들겠다.
유경이랑 얘기하느라 늦게 왔더니
시험 공부하느라 고생했다며
홍삼을 꺼내 준다.
– 공부하느라 축 처졌네
토닥토닥 안아 주고
얼른 들어가 쉬라며 등 떠민다.
둘 다에게 잘할 수 없지.
일단 엄마 생각에서 독립하고
유경이에게 충성하기로 했다.

부작용

난 요즘 생각이 많아졌다.
주말엔 어디 갈까?
백일 기념일은?
커플 티셔츠 할까?

거짓말도 많아졌다.
엄마에게 공부하느라 피곤하다 말하고
문제집 산다고 거짓말로 용돈 더 받고
몰래 부드러운 내 팔에 입술 대 보며
키스하는 연습도 한다.

나는 여자 친구가 생기면서
거짓말쟁이가 되고
변태가 되는
부작용이 생겼다.

짝짓기

텔레비전 보는데
개구리 두 마리가
짝짓기를 하고 있다.
큰 개구리는 아래에,
작은 개구리는
큰 개구리 등에 올라타 있다.
– 형, 개구리들이 레슬링해
사촌 동생 말에 풉,
먹던 물을 뿜었다.
– 좀 더 커 봐라, 저절로 알게 될 거다
실실 웃는 나를
사촌 동생이 멀뚱히 쳐다본다.

단어도 성장한다

친구
우정
떨림
데이트
여자
스킨십
키스
내 거
확인
사랑
결혼?

유경이를 떠올릴 때마다
반복되는 생각!

셋, 삐걱삐걱 엇박자

아줌마들의 통신망이란

– 너, 아까 걔 누구야?
모르겠다는 표정으로 엄마를 보는데
여자아이랑 손잡고 가는 걸
엄마 친구가 봤단다.
하필이면 우릴 볼 게 뭐람.
– 네가 지금 여자 친구 만날 때야?
엄마가 소리 지른다.
안경집 아줌마일까?
– 이제 고등학교 가야지, 정신 좀 차려!
미나네 아줌마일까?
– 대학 가면 저절로 생기는데 왜 그래?
엄마가 계속 소리친다.
어느 아줌마일까? 누굴까?

말대꾸

엄마 유전자 속에는
선생님이 있고
선생님 유전자 속에는
엄마가 있는 것이 분명하다.
– 여자 친구 다 한때다
엄마랑 선생님이 약속이나 한 듯
아침에는 학교에서
저녁에는 집에서
똑같이 얘기한다.
오로지 내 편을 들어주는 건
말대꾸뿐이다.

너무 앞서가는 엄마

여자 친구 생긴 걸 알고
엄마 걱정이 많아졌다.

정신 빼앗겨 성적 떨어지고
아기 생길까 봐 불안한 거 다 안다.

공부는 하면 될 거고
난 키스까지만 생각해 봤다.

우린 그냥 얘기하고 싶고
또래에게 이해받고 싶은 것뿐이다.

딱 걸렸다

유경이랑 몰래
손잡고 다니다
유경이 담임 선생님에게 딱 걸렸다.

– 어쩐지, 요즘 이상하다 했다
– 그러니까 집중 못하고 성적도 엉망이지
– 너희 뽀뽀하다 걸리면 혼난다

선생님 협박이
손 빼내게 하고
우리 사이 멀어지게 한다.

난 협박받아도 좋고
매일 혼나도 좋은데
유경이는 아닌가 보다.

중이야

– 응? 뭐라고 했어?
넌 내 말에 딴짓하는 중이야

– 늦게 가면 엄마한테 혼나
넌 핑계 대는 중이야

– 네가 먼저 짜증 냈잖아
넌 내 탓하는 중이야

자주 싸우는 요즘!

우리는
점점 멀어지는 중이다.

수상한 유경이

복도에서 마주쳐도
웃지 않는 유경이

학교 앞에서 보고도
인사하지 않는 유경이

카톡 보내도
답을 잘 하지 않는 유경이

수업 끝나고 만나자 하면
바쁘다고 거절하는 유경이

수상한 유경이 보면
이별의 또 다른 말처럼 느껴진다.

쏠림 현상

일어나다 몸이 휘청했다
난 요즘 어느 쪽으로
기울고 있을까?

유경이인지
엄마인지
왔다갔다 한다.

유경이!
유경이!
유경이!

휘청거리던 내 마음이
다시 유경이 때문에
중심을 잡았다.

싸우는 중

난 지금
3대 1로 싸우는 중이다.
선생님도 내 편이 아니고
엄마도 내 편이 아니다.
며칠 전까지는
2대 2로 싸웠는데
이젠 유경이까지 내 편이 아니다.
누가 이길지 뻔히 아는 싸움
내가 이길 수 있을까?
아니 이기진 못해도
잘 버텨 낼 수 있을까?

누구 때문에

마르코 양은
제 뿔 때문에 죽고

코끼리는
상아 때문에 죽고

밍크는
털 때문에 죽는다는데

나도 지금
죽을 것 같아

아무런 이유 없이
피하는 유경이 때문에

망치에 박힌 못

현장 학습으로 간
공예 비엔날레

작품 제목 : 망치와 못

망치에 많은 쇠못이 박혀 있다
아, 거꾸로도 박힐 수 있구나!

내가 엄마에게 박은 못
유경이가 나에게 박은 못

나는 지금 망치일까?
못일까?

자존심을 지킨 이별

– 우리 그만 만나자!
유경이한테 카톡이 왔다.

우리가 만난 99일
시간으로 따지면 2,376시간
분으로 따지면 142,560분
초로 따지면 8,553,600초

함께 나눈
그 많은 시간들을
– 그래!
두 글자로 끝냈다.

있어야 할 자리

교실에 책상
뒤쪽에 거울
문구점 옆에 분식집
편의점 앞 횡단보도
횡단보도 건너편에 약국

모든 게 늘 그렇게
있던 자리에 있다.
유경이와 헤어진 첫날
나만 내 자리를 못 찾았다.

가짜

가짜 돈
가짜 약
가짜 시계
가짜 가방
가까 참기름
가짜 화장품
가짜 미술 작품
.
.
.
가짜가 넘치는 세상

엄마 앞에서
선생님 앞에서
친구들 앞에서
괜찮은 척하는 나는
진짜일까 가짜일까?

도깨비바늘

엄마는 우리가 헤어진 걸
눈치챈 걸까?
– 우리 아들, 힘 내!
오늘 아침 엄마가 안아 주었다.

엄마 말이 하루 종일
도깨비바늘처럼
척 달라붙어
떨어지지 않았다.

화장실 낙서

기말고사가 눈앞에 있다며
오민이가 도서관에 가잔다.

철원♥주영

– 지금 사귀고 있구나
– 혼자 짝사랑하나?
– 둘이 이렇게 되기를 바라는 거네
– 둘이 이루어졌구나
– 헤어지고 나서 쓴 건 아닐까?

화장실에서 본 낙서 한 줄에
수많은 생각이 들어 있다.

마트료시카 인형

인형 안에 인형
그 안에 또 인형
계속 작아지는
인형

더 작은 인형
그 안에
더더더 작은 인형

엄마 앞에서 작아지는 나
선생님 앞에서 더더 작아지는 나
유경이 앞에서 더더더 작아지는 나

제일 안에 있던
손톱만큼 작은 인형이
유경에게 차인 요즘의 나.

넷, 안녕안녕 이별 후

마늘도 아플까?

윗집에서
마늘을 찧는지
콩콩콩콩
울린다.

마늘도 지금
나처럼 아플까?
모든 게 다
나 같다.

듣고도 못 들은 척

– 진유경, 진유경!
내가 지나가면
진유경을 부르며 실실 웃는 애
(누가 귀마개 좀 빌려줘)

– 그러게 같은 학교끼리는 사귀는 게 아니야
나 들으라고
옆에 와서 말하는 애
(그런 충고는 빨리해 줘야지)

듣고도 못 들은 척
속으로 혼자 말한다.

불쑥불쑥

집에서 학교 가다
둘이 자주 갔던 분식집 앞에서
불쑥 끼어드는 유경이

학원에서 돌아오다
그네 타며 얘기하던 공원 지날 때
불쑥 끼어드는 유경이

손잡았다 걸린 화장실 앞에서
첫 키스하던 골목 지나며
3반 교실 지날 때에도
불쑥불쑥 끼어드는 유경이 때문에
나는 아직도 힘들다.

위로

– 유경이가 뭐가 귀엽냐?
  귀엽기는 주리가 더 귀엽지

– 유경이 웃을 때 자세히 봐
  잇몸 만개하더라

– 지난번 유경이 지각해서 뛸 때
  다리 알통 장난 아니던데

– 자식, 눈은 낮아 가지고

친구들이 위로랍시고 하는데
유경이 이름 부를 때마다
더 생각난다.

– 하여튼 눈치 없는 놈들!

꼬리표

공부는 잘 못하면서
여자 친구는 잘 만든다던 꼬리표.

공부는 잘 못하면서
여자 친구랑 놀기는 잘한다는 꼬리표.

공부는 잘 못하면서
이벤트는 잘한다는 꼬리표.

이젠 여자 친구에게 차인 아이!
나한테 꼬리표 하나가 또 붙었다.

외로움

둘일 때는
죽었다 깨어나도
모를 일.

분산의 법칙

아플 때마다 생각한다.
학원 선생님도 좋아하고
걸그룹도 좋아했으면
덜 아팠을 텐데.

학원 선생님과 걸그룹과
유경이를 셋으로 나누면
애정도 분산되어
이별 후에도 덜 아팠을 텐데.

유경이가 날 아프게 해도
난 33.3%만 아프면 되는 거였는데.

기억력

휴대 전화 번호를 지우고
사진을 지우고
동영상을 지워도
기억은 끈질기다.
이런 기억력이었다면
천재 소리 들었을 텐데.
엄마 말처럼
이 머리로 공부하면
서울대 가고도 남겠다.

꽃게 집게발처럼

인터넷 검색해 보니
나처럼 이별을 겪은 사람이 많다.
이별의 상처 치유 방법으로
울고 싶으면 울라는 사람
헤어진 사람을 욕해 주라는 사람
하지만 난 울지도 않고
유경이 욕도 하지 않을 거다.

살아 있는 꽃게는
서로 싸우며 상처 줄까 봐
집게발 하나를 자른단다.
서로 할퀴지 않는 것
좋은 생각만 하는 것
아무 일 없었던 듯
조용히 지내면 된다.

마라톤

마라톤 보면서 생각했다.
반환점까지 갔다 돌아오는 길은
멀면 멀수록 힘들다.

돌아오기
딱 알맞은
99일!

잘됐다
잘됐다
잘됐다
그만하길 잘했다!
지금 헤어진 건 잘한 거다.

갈등

유경이에게 받은 선물
돌려줄까 말까?

유경이랑 같이한 하트 팔찌
버릴까 말까?

갈등은 언제나
진
행
형
이다.

분실물 보관함

백 일 선물로 유경이에게 주려던
하트 커플 쿠션!
주인 잃고 방구석에 놓여 있다.

주인 잃은 분실물
나!
난 여기 이대로 있는데
유경이는 지금 나를 찾고 있을까?
나를 잃어버린 줄이나 알까?

무시

그깟 풋사랑
덜 익었다고 무시!
첫사랑은
이루어질 수 없는 거라며 무시!
첫사랑은
헤어지라고 만들어 놓은 거라며 무시!
중학생이 하는 사랑은
사랑이란 이름을 붙이기 우습다며 무시!

무시당해도 유경이랑 하던 사랑은
설레었고
재밌었고
아팠다.

나는 나

나는 마지막 힘을 모아 난자를 뚫고
자랑스럽게 이 세상에 태어났다.
위대하게 태어난 나!
그래서 나는
위대하게 잘 살 거다.

– 야! 여자 친구 소개해 줄까?
친구들이 묻는다.
– 자식, 됐어! 집에 가서 텔레비전이나 볼란다